VENTE DU MERCREDI 4 AVRIL 1888

HÔTEL DROUOT, SALLE N° 8

ÉTOFFES ANCIENNES

COSTUMES — TAPISSERIES

ARMES — CURIOSITÉS

Porcelaines — Faiences

MEUBLES

EXPOSITION PUBLIQUE

LE MARDI 3 AVRIL 1888

Mᵉ PAUL CHEVALLIER | M. CHARLES MANNHEIM
COMMISSAIRE-PRISEUR | EXPERT
10, rue de la Grange-Batelière, 10 | 7, rue Saint-Georges, 7

HOMO
ADDITVS
NATVRÆ
IMPRIMERIE DE L'ART

CATALOGUE

DES

ÉTOFFES ANCIENNES

Broderies — Velours — Soieries

COSTUMES

TAPISSERIES

Armes — Curiosités diverses

Objets de vitrine

PORCELAINES — FAIENCES

Meubles — Bronzes

DONT LA VENTE AURA LIEU

HOTEL DROUOT, SALLE Nº 8

Le Mercredi 4 Avril 1888

A DEUX HEURES

Mᵉ PAUL CHEVALLIER	M. CHARLES MANNHEIM
COMMISSAIRE-PRISEUR	EXPERT
10, rue de la Grange-Batelière, 10	7, rue Saint-Georges, 7

EXPOSITION PUBLIQUE

Le Mardi 3 Avril 1888, de 1 heure à 5 heures

CONDITIONS DE LA VENTE

Elle sera faite au comptant.

Les acquéreurs payeront en sus des enchères *cinq pour cent,* applicables aux frais.

L'exposition mettant le public à même de se rendre compte de l'état des objets, il ne sera admis aucune réclamation une fois l'adjudication prononcée.

Paris. — Imp. de l'Art, E. Ménard et Cⁱᵒ, 41, rue dela Victoire.

DÉSIGNATION DES OBJETS

ÉTOFFES, TAPISSERIES

1 — Belle portière de velours vénitien à dessin oriental, rouge et jaune, formée de deux lés, mesurant environ 4 m. 50 cent. xv° siècle.

2 — Lé de même velours.

3 — Environ 52 mètres de velours ponceau d'Utrecht, à large dessin de fleurs. Époque Louis XIV.

4 — Trois petites portières en panne de soie ponceau, à décor de fleurs.

5 — Petit tapis de velours ponceau de Gênes, du xvi° siècle, dessin à chevrons et cœurs.

6 — Grande portière à rinceaux en velours grenat, en relief sur fond blanc. xvii° siècle.

7 — Deux bandeaux de velours de Gênes violet, avec applications et galons métalliques. xvi° siècle.

8 — Chasuble en velours de Gênes, à petit dessin vert sur fond jaune.

9 — Chape en velours de soie grenat ciselé du xvie siècle.

10 — Beau couvre-lit en satin bleu pâle d'un riche décor en broderie de soie de couleur.

11 — Huit petits panneaux en soie rose, à décor de vases, bouquets et festons de feuillage en broderie d'argent. Époque Louis XVI.

12 — Bandeau de satin rouge à dessin Renaissance, en application et broderie.

13 — Autre à fond de velours grenat.

14 — Lambrequin dentelé de la Renaissance, en soie rouge, décoré de broderies or et argent.

15 — Deux carrés en broderie d'Orient, sur fond vert.

16 — Tapis à bouquets et bandes ondulées, brochés en couleur sur fond vert.

17 — Couvre-lit Louis XVI, fond rose à raies, bleu et blanc, et à bouquets brochés en couleur.

18 — Couvre-lit de soie Louis XVI, à raies, blanc et jaune, et festons de fleurs en couleur.

19 — Couvre-lit en soie Louis XV, fond gris à festons de fleurs, brochés en couleur et bandes ondulées en blanc.

20 — Tapis à festons de fleurs brochées, blanc, vert et noir sur fond orange.

21 — Chape en satin bleu pâle, broché à fleurs et rehaussé de fils métalliques.

22 — Petit couvre-lit en dauphine, fond rouge, broché à fleurs en couleur et bandes ondulées gris d'argent.

23 — Environ 6 m. 50 cent. en trois lés de brocart vénitien, lamé or et broché à fleurs sur fond crème. XVIIᵉ siècle.

24 — Couvre-lit en soie brochée à fleurs sur fond blanc. XVIIᵉ siècle.

25 — Chape Louis XIII de brocart vert à larges fleurs tissées argent.

26 — Grand morceau de soie brochée à bouquets et festons en couleur sur fond violet.

27 — Un autre.

28 — Carré de soie rouge broché à fleurs de couleurs entremêlées de bandes ondulées simulant une dentelle.

29 — Portière de brocatelle vert et jaune.

30 — Pente de soie jaune à fleurs brochées en argent, bordée de bandes en satin rouge et velours vert.

31 — Tapis de soie vénitienne du XVIIᵉ siècle, à larges fleurs, blanc et vert sur fond saumon.

32 — Tapis de satin crème armuré, broché à bouquets
de couleur et feuilles noires.

33 — Chasuble de brocart lamé argent sur fond vert
d'eau

34 — Environ 35 mètres de damas rouge. Louis XIV.

35 — Petite portière de deux lés en damas rouge.
Louis XIV.

36 — Autre, faite de deux lés. Louis XIV.

37 — Couvre-lit de damas rouge du XVI° siècle, à petit
dessin.

38 — Petit tapis de brocart vert.

39 — Couvre-lit d'ancien brocart à large dessin fond
marron.

40 — Autre, à décor de bouquets sur fond bleu damassé.

41 — Bandeau de brocart Louis XIII, fond blanc.

42 — Chape de soie Louis XV, brochée à fleurs et la-
mée argent sur fond mauve.

43 — Tapis de soie Louis XIV, fond blanc damassé,
broché à fleurs en couleur

44 — Tapis de soie violette broché à bouquets blancs
et festons jaunes.

45 — Couvre-lit de damas rouge Louis XIV, bordé de soie verte.

46 — Couvre-lit de damas bleu Louis XIV, bordé de bandes roses.

47 — Tenture en toile de Jouy, fond blanc à décor dans le goût chinois.

48 — Manteau très ample en drap noir, avec parements de velours noir et garni de larges galons veloutés de même nuance. Espagne (?). XVIe siècle.

49 — Tapisserie ancienne représentant un blason d'une maison d'Italie.

50 — Tapis de velours rouge entouré de galons et de crépines métalliques.

51 — Chasuble de velours vert frappé, avec galons d'argent.

52 — Tour de lit serge bleu et applications; autre en broderie.

53 — Lots de dalmatiques et chasubles en velours, laine, etc.

54 — Lots de costumes d'homme et de femme, morceaux, coupons d'étoffes, velours, laine, soie, etc.

55 — Trois fragments de tapisseries de l'époque Louis XIV, à figures et bordures ; elles ont été en partie détruites par un incendie.

56 — Deux portières en reps imitant la tapisserie, brû-
lées en partie.

57 — Deux coussins en tapisserie du xviie siècle, mé-
daillons à sujets religieux encadrés de fleurs.

58 — Bandeau Henri II composé de quatre petits carrés en tapisserie au petit point, encadrés de festons
d'oiseaux et de figures en broderie de soie sur
drap.

59 — Tapisserie Louis XIII représentant une femme,
en buste, dans un paysage.

CURIOSITÉS, ARMES

60 — Coupe nautile en argent repoussé et doré, à pied
formé d'une figurine de satyre portant un poisson
sous chaque bras.

61 — Coffret rectangulaire en ivoire, offrant au pourtour et sur le couvercle des bas-reliefs, scènes mi-
litaires, des fleurons et des trophées guerriers.

62 — Quatre figurines japonaises en ivoire.

63 — Statuette d'homme en bronze japonais incrusté
or et argent.

64 — Deux petits vases en bronze du Japon.

65 — Deux éventails chinois à montures laquées et
feuilles peintes.

66 — Plaque ovale peinte en grisaille sur émail : Adam
et Ève chassés du Paradis.

67 — Boîte en émail fond blanc, simulant un livre, et
garnie d'ornements rapportés en métal.

68 — Coffret à godrons en émail fond noir, à ornements en relief et sujet peint en grisaille.

69 — Peinture gréco-russe : la Vierge et l'Enfant
Jésus, fond d'or.

70 — Miniature ronde : Portrait de femme, de l'époque
du premier Empire.

71 — Deux couteaux à manches d'agate, l'un à lame
de vermeil, l'autre à lame d'acier gravé.

72 — Deux boucles de souliers, argent et stras.

73 — Groupe en bronze signé Julien : Lionne dévorant
une gazelle.

74 — Yatagan à poignée et fourreau en argent, à décor
de fleurs et d'ornements.

75-76 — Cinq yatagans à fourreaux de cuivre, poi-
gnées en morse et en métal.

77 — Fusil oriental à monture incrustée d'argent et de
coraux.

78 — Trois fusils orientaux.

79 — Paire de pistolets italiens à pierre, portant le nom de D. Zanoni. xviiie siècle.

80 — Bouclier en fer, convexe, garni de clous et de rosaces de cuivre.

81 — Épée à deux mains, à fusée recouverte de cuir.

82 — Deux claymores

83 à 86 — Huit épées variées de forme et de diverses époques.

87 — Deux dagues, l'une à lame flamboyante, l'autre à poignée gravée.

88 — Casque à visière, nasal, garde-nuque articulé, muni latéralement de deux ailes repercées.

89 — Poudrière et deux flambeaux en fer forgé.

90 — Sabre et poignard orientaux.

91 — Deux épées.

92 — Brigandine, deux poires à poudre, une gourde.

93 — Trois pichets cuivre et étain.

94 — Plusieurs boites à couleurs et divers objets.

95 — Deux tableaux : Portrait de femme, époque Louis XIII, et Fumeur, de l'école flamande.

96 — Gargoulette de verre incolore garnie d'ornements tordus à la pince.

97 — Deux vases, forme bouteille, en émail cloisonné de la Chine, fond bleu.

98 — Deux vases à corps ovoïde et col évasé en émail cloisonné, fond bleu.

99 — Grande jardinière en émail cloisonné de Chine, à décor de fleurs sur fond blanc.

100 à 102 — Trois supports chinois en bois de fer.

103 — Sabre japonais avec garde en fer incrusté d'or.

104 — Bronze : la Vénus de Milo.

105 — Plat en fonte, représentant l'entrée de Henri IV.

106 — Fort lot de coraux façonnés.

PORCELAINES, FAIENCES

107 — Bouteille en porcelaine de Chine émaillée bleu.

108 — Deux vases, forme rouleau, de décors variés, figures et paysages en ancienne porcelaine de Chine.

109 — Vase en Chine, fond vert gravé et décor à fleurs en émaux de couleur.

110 — Vase, balustre surbaissé, vieux Chine, décor à paysage.

111 — Deux chimères, en pendants, blanc de Chine.

112 — Deux perroquets en vieux Chine, émaillés vert, jaune et noir.

113 — Deux plats ronds en porcelaine de l'Inde, à fleurs en émail rose et dentelure dorée.

114 — Deux assiettes à bords festonnés en porcelaine de l'Inde, décor à paysage.

115 — Plat rond, Japon décoré en bleu.

116 — Plat rond en Saxe, décor à fleurs, marli gaufré en vannerie.

117 — Deux plats et une assiette, vieux Saxe, fleurs peintes et gaufrées.

118 — Plat rond, Rouen à la corne.

119 — Deux bouteilles à pans, en Rouen, décor bleu et rouille à lambrequin.

120 — Deux très petits pots à anse et ouverture lobée en faïence d'Urbino.

121 — Plat en faïence espagnole à reflets métalliques relevés de bleu.

122 — Trois petits plats en faïence espagnole à reflets métalliques.

123 à 125 — Plusieurs pièces d'ancienne faïence, vases, cornets, plats, présentoirs ; chope en grès de Flandres, carreaux à figures et fleurs de lis, etc.

126 — Garniture de toilette en faïence moderne, genre Urbino.

127 — Deux cruches en faïence blanche fleurdelisée en bleu.

128 — Deux vases cylindriques fond bleu, décor chinois à dragons.

129 — Figurine et deux flambeaux en Chine.

BRONZES, MEUBLES

130 — Deux petites encoignures Louis XV à un pied, en bois sculpté et doré.

131-132 — Deux consoles, l'une Louis XV, l'autre Louis XVI.

133 — Piédestal rond et cannelé pour statue, à plateau tournant en chêne.

134 — Deux portes d'armoire Louis XV.

135 — Coffre revêtu de lames de fer et clouté.

136 — Grand coffre en bois de cèdre gravé au pourtour et à l'intérieur du couvercle, à décor de figurines et d'ornements. xvie siècle.

137 — Fauteuil Louis XV, foncé de canne.

138 — Lot de châssis à tableaux.

139 — Horloge à gaine en chêne.

140 — Chaise à pieds tournés. Style Louis XIII.

141 — Fauteuil même style, couvert en peluche, avec bande en tapisserie.

142 — Table, style Louis XIII.

143 — Petite table-toilette à ornements sculptés et tablette d'entrejambes, dessus en faïence.

144 — Guéridon à ornements gravés et dorés.

145 — Dressoir en bois sculpté.

146 — Grand lit, style Louis XIII, à colonnes torses, supportant un ciel de lit à godrons, garni de pentes en ancienne soierie.

147 — Table de nuit à ornements sculptés.

148 — Panneau en papier imitant le cuir, une glace avec encadrement pareil.

149 — Suspension de salle à manger avec sa lampe en cuivre nickelé.

150 — Tabouret X en bois doré, couvert de drap rouge brodé en soies de couleur.

151 — Quatre appliques à cinq lumières en bronze. Style Louis XVI.

152 — Suspension avec lampe à gaz et neuf bougies.

153 — Deux appliques à cinq lumières garnies de cristaux.

154 — Garniture de cheminée en fonte avec plaques en émail.

155 — Veilleuse à cadran.

156 — Fût de colonne en marbre.

157 — Guéridon chinois à trois pieds sculptés à jour, et dessus à personnages et dragons en relief, laqué en partie.

158 — Quatre grandes vitrines américaines, à verres cintrés et monture à cage en cuivre nickelé.

159 — Deux petites vitrines de même genre.

www.ingramcontent.com/pod-product-compliance
Lightning Source LLC
LaVergne TN
LVHW021618170726
843501LV00010B/4040